O fantasma da Inquisição

O fantasma da Inquisição

ALDIVAN TORRES

Canary Of Joy

CONTENTS

1 O Fantasma Da Inquisição   1

1

O fantasma da Inquisição

"O fantasma da Inquisição"
Aldivan Torres

Autor: Aldivan Torres
©2020-Aldivan Torres
Todos os direitos reservados.

Este livro, incluindo todas as suas partes, é protegido por Direito de autor e não pode ser reproduzido sem a permissão do autor, revendido ou transferido.

Aldivan Torres é um escritor consolidado em vários gêneros. Até agora, os títulos foram publicados em dezenas de idiomas. Desde tenra idade, ele sempre foi um amante da arte de escrever, tendo consolidado uma carreira profissional a partir do segundo semestre de 2013. Ele espera, com seus escritos, contribuir para a cultura internacional, despertando o prazer de ler naqueles que não têm o hábito. Sua missão é conquistar o coração de cada um de seus leitores. Além da literatura, suas principais diversões são músicas, viagens, amigos, família e o prazer da própria vida. "Pela literatura, igualdade, fraternidade, justiça, dignidade e honra do ser humano sempre" é o seu lema.

O fantasma da Inquisição
Uma nova atitude
Filadélfia-Pensilvânia- Estados Unidos
O Fim do homem
O inesperado
Paris-França

Uma nova atitude

Depois da separação dos seus novos amigos e do querido Divine, seu amado colega de escola, nossa adorável Wicca Beatriz encontra-se refletindo descansando em seu sofá nos domínios no querido povoado de Gravatá dos Gomes. Aos trinta e quatro anos de vida, restara pouca coisa do que construíra temporalmente: perdera os pais e seu esposo, estragara um amor puro, perdera sua base profissional e agora só restava sua dignidade e força de resistência. Era inegável que vivera bastante neste curto período, mas nem todas as experiências foram benéficas.

O que fazer numa situação dessas? Existiam inúmeras alternativas disponíveis. No entanto, a melhor delas quebraria seu orgulho por completo. Pensando melhor, do que serve o orgulho numa hora triste dessas? Foi a conclusão que ela chegou após um tempo, pensativa. Pegou então sua bolsa, tirou o celular de dentro e fez uma ligação internacional. A pessoa do outro lado atende.

"Oi, quem fala?

"Robert? Aqui é Beatriz. Como você está?

Há uma palpitação do outro lado. Beatriz? Por essa, Robert não esperava. Logo agora que estava vivendo o pior momento da sua vida depois da fraude cometida por um funcionário cometido em sua empresa e a consequente falência da mesma. Como agir? Tenta não pensar muito e vai de acordo com sua intuição.

"Estou bem e você?

"Arrasada. Desde que nos separamos minha vida virou um caos.

"Mas pensei estar bem ao lado de seu amante.

"Não seja sarcástico. Tudo não passou de um mal-entendido. Você me descartou e Romão era a única salvação que eu tinha. Entretanto, ele está morto agora.

"Sei. Ligou para mim por qual motivo?

"Queria saber sobre você. Bateu uma saudade.

Saudade? Depois duma traição covarde? Ou ela era muito irônica, ou pensava que ele era bobo. Ou, em última instância, estava arrependida.

"Sei. Eu menti. Não estou bem. Estou sozinho e vivendo um caos financeiro. Nada deu muito certo desde que nos separamos. Era tão bonito o que sentíamos um pelo outro não era?

"Muito belo. Estou sozinha também. Você poderia vir ao Brasil e falarmos pessoalmente?

"Sim. Adoraria revê-la. Comprarei minha passagem e arrumar minhas malas. Estarei em breve aí. Entramos em contato novamente assim que chegar ao país.

"Está bem. Até lá!

"Até!

A ligação terminou e nossa amiga cuidou de suas obrigações domésticas. Entretanto, seu pensamento não desgrudava da figura máscula do louro Robert. Seria ótimo revê-lo e estava ansiosa por isso.

Filadélfia-Pensilvânia- Estados Unidos

6 de junho de 2017

Robert comprou a passagem pela internet, arrumou suas malas, saiu, fechou a casa e entregou as chaves ao seu primo Brian. Em seu rosto, lágrimas de felicidade caíam o que causava suspeitas.

"Quando você volta, primo? "Pergunta Brian.

"Ainda não sei. Vou reencontrar minha esposa no Brasil" Respondeu Robert.

"Certo. Tomara que tudo dê certo, primo. Desejo tudo de melhor para ti.

"Obrigado. Sentirei saudades.

"Eu também.

Um abraço caloroso encerrou a despedida dos dois. A amizade de Brian fora o alicerce de Robert em território americano quando ele mais precisou. Agora, eles se separariam novamente ambos com objetivos distintos. Enquanto o primeiro continuaria em solo americano com sua respetiva família o último iria para o Brasil novamente após sucessivos fracassos pessoais. Situação muito parecida com a primeira vez que estivera no país.

O Brasil... Terra de gente boa e raras belezas... foi exatamente neste país que o norte-americano sentira um pouco da verdadeira felicidade ao lado de alguém extraordinariamente especial: A doce e meiga Wicca. Embora tivesse se separado dela, não negava que a mesma tinha excelentes qualidades e em buscas delas que o mesmo decidira novamente reencontrá-la.

Adentrando em seu carro vermelho, estacionado fora de casa, o louro direciona-se ao principal aeroporto internacional da cidade. Em sua cabeça, passavam milhares de pensamentos desconexos os quais lhe deixavam em dúvida. O que aconteceria no Brasil? Como estaria a doce e meiga Wicca? Entre outros. Seja o que fosse, estava preparado para encarar. Essa sua disposição era considerada a chave do seu sucesso em vários empreendimentos.

No momento, tinha necessidade de deixar o passado para trás e dar-se uma segunda oportunidade. Embora fosse uma atitude arriscada, não sabia lidar com a nova situação de outra maneira. Mais do que nunca, seu coração e mente estavam livres para analisar friamente uma situação e quem sabe tentar novamente. Quem sabe não desse certo dessa vez...

Foi motivado com esta última esperança, que ele percorreu todo o trajeto entre descidas, subidas, travessias, paradas estratégicas, descanso, escutando música pelo DVD do seu carro pensando na vida. Pelo visto, acreditar de novo numa nova oportunidade estava lhe fazendo muito bem.

Entregando o carro no estacionamento, ele caminha os últimos metros que os separavam do saguão do aeroporto. Ao ter acesso ao mesmo, ele senta nas poltronas esperando o horário de seu voo com outras pessoas. Aproveita a situação para puxar conversa e fazer amizades. Geralmente, podíamos dizer que ele era uma pessoa simpática.

Quando é anunciado que devem ir para a pista do avião, ele desloca-se até a parafernália tecnológica com os demais companheiros de viagem. Cada passo que dava nesta direção, representava a vitória dum coração ansioso. Quem não estaria da mesma forma? A única maneira de controlar isso era atingindo logo os objetivos.

Ele começa a subir na rampa do avião... As palpitações e a sede de vencer aumentam. Em breve, já não seria mais o mesmo homem desacreditado dos últimos dez anos. Seria totalmente outro com novas perspectivas, transformado pelo simples fato de revisitar um país maravilhoso, a estrela tropical. Além disso, tinha certeza que a pessoa responsável por isso lhe traria novas emoções.

Galgando completamente a rampa, adentra no veículo acomodando-se nas poltronas de frente do avião com tranquilidade. Agia assim devido a sua experiência de voo amparado nas estatísticas de que aquele era o meio de transporte mais seguro do mundo. A primeira coisa que faz é tentar tirar um cochilo, pois a viagem seria bem longa.

Ele adormece e só vem a acordar com o barulho do avião se preparando para o pouso. Por curiosidade, dá uma olhada pela janela e observa a cidade deslumbrante do Recife próxima. Abre um sorriso discreto esperando matar as saudades em breve. Seus objetivos estavam perto de serem alcançados.

Ele aperta os cintos, faz uma oração e sente a pressão do momento. Em poucos instantes, atingem à terra firme e o meio de transporte finalmente estaciona. Com a porta de saída aberta, os passageiros direcionam-se para a mesma. A viagem fora um sucesso.

Ele começa a caminhar descendo as escadas, pega suas malas

e vai até o saguão. Descansa um pouco e então pega o celular de modo a ligar novamente para sua esposa. Ele liga e alguém atende do outro lado.

"Alô! É você Robert?

"Sim, acabo de chegar ao Recife. Onde você está?

"Estou aqui na casa na minha casa em Gravatá dos Gomes. Pode vir aqui?

"Claro que sim. Vou até à Rodoviária pegar o ônibus. Até logo!

"Até! Seja bem-vindo!

"Obrigado! Ainda chego hoje aí. Pode me esperar.

"Está bem.

Robert desliga o celular e vai até o estacionamento do aeroporto Internacional dos Guararapes onde pega um táxi. O objetivo era chegar a rodoviária central quanto antes. No caminho, o motorista puxa conversa com o mesmo.

"Qual é o seu nome, senhor?

"Robert e o seu?

"Romero. Sou motorista atuante na região há cinco anos.

"Que bom! Você gosta daqui?

"Adoro. Recife além de ser uma cidade com um bom clima e boa gente, tem muitas opções de lazer. Conhece?

"Sim. Trabalhei e morei um tempo nessa cidade. Mas sou norte-americano. Tive que voltar ao meu país por motivos pessoais, mas agora surgiu a oportunidade de voltar.

"Que bom! Espero que aproveite muito a volta. Seja bem-vindo ao meu Pernambuco!

"Muito obrigado. Você é muito gentil!

"Você também é!

A conversa esfria com o silêncio tomando conta do ambiente. Nosso querido e adorável louro aproveita a oportunidade para refletir, observar o ambiente e matar um pouco da saudade de Pernambuco. Pelo fato de estar afastado há um bom tempo tudo era novidade para ele. Depois duma análise breve, conclui que a cidade estava mais agitada, bonita e atraente do que das outras vezes. A Veneza pernambucana estava, portanto, de parabéns.

Um tempo depois, chegam ao destino. Robert desce do carro carregando as malas, paga a passagem e despede-se finalmente. Dirige-se até a bilheteria da rodoviária. No momento, seu estado mental era confuso refletindo suas dúvidas mais interiores. Contudo, era preciso enfrentar a situação de frente com uma atitude positiva. Era exatamente isso o que ele buscava nesta ocasião.

Solicitando com gentileza a compra da passagem, ele consegue uma vaga no próximo horário, exatamente trinta minutos depois. Voltando ao saguão de passageiros, usa o tempo restante para descansar e escutar um pouco de música usando o fone de ouvido no celular. Ele adora música brasileira de todos os gêneros e voltar ao país era tido como "Um resgate cultural".

Ao fim deste tempo, o veículo chega com ele e outros passageiros embarcando. No horário previsto, é dada a partida com o trem começando a atravessar a cidade. É um instante de fortes emoções e ele não para de pensar em sua esposa. O que lhe esperava na bela Gravatá dos Gomes? Estava contando as horas e minutos ansiando por chegar ao destino.

Durante a travessia da capital, tem a oportunidade de revisitar lugares e refletir um pouco. Alcançando a pista, seus pensamentos já mudam de sentido. Adentrando no interior, cada quilômetro percorrido representava um passo nesta que era uma longa viagem enfrentada.

O primeiro ponto importante atingido chama-se Vitória de Santo Antão, a terra da cachaça e da Batalha do Guararapes. Marco na história do estado, foi através dela que os brasileiros ficaram livres da dominação holandesa. Relembrar isso deixaria nosso personagem pensativo e saudoso.

Avançando mais, ultrapassam Pombos, a terra do abacaxi e de gente bonita. Alguém come a fruta no ônibus o que deixa nosso amigo com água na boca. Nesta hora, desejou chegar logo ao destino de modo a satisfazer suas necessidades.

Em seguida, passam por Gravatá, cidade dos artesãos e importante polo moveleiro do estado. No momento, relembra cada detalhe da residência em Gravatá com sua decoração. Esperava que pouca coisa tivesse mudado apesar do passar dos anos.

O próximo ponto pelo qual passam chama-se Bezerros, terra do tomate, dos bolos e dos doces. Na ocasião, sente fome aproveitando para comer um doce local. Sente-se muito feliz por voltar, pois, a culinária brasileira era rica, exótica e diversa. Ganharia peso a mais sem nenhuma culpa.

Mais adiante, chegam a Caruaru, capital do Agreste. A cidade é famosa pelo artesanato, ela feira ao ar livre e pelo maior "São João do Mundo" segundo o Guines world Records. É promovida uma parada rápida num posto de combustível localizado às margens da rodovia. Os passageiros vão até ao restaurante e ao banheiro satisfazerem suas necessidades fisiológicas. Concluída esta etapa, voltam ao meio de transporte retomando a jornada. Ainda havia muito a se percorrer.

A próxima cidade é São Caetano, cidade famosa por seus recursos naturais. É uma boa hora para refletir sobre o consumo desregrado dos recursos, a depredação, o desmatamento, a poluição, a superpopulação e a irracionalidade do homem que está levando para um caminho tortuoso e sem saída. O que será de nós com a completa destruição do meio ambiente? Provavelmente, este será também o fim da humanidade.

No momento seguinte, passam agora em Tacaimbó. É uma cidade com bastante história que viu o avanço das vias do transporte, do ferroviário para o rodoviário desenvolvendo-se melhor desde então. Estar perto dali era algo parecido com o acompanhar a linha da própria evolução espiritual, humana, moral e societária.

Em Belo Jardim, uma cidade de grande importância no agreste Pernambucano, ele se sente cada vez mais próximo de seu intento o que provoca uma felicidade incontida. Em breve, estaria reunido com sua pequena e doce meiga Wicca novamente.

Já em Sanharó, famosa por seus fartos recursos agrários, encantava os visitantes. Pequenina por natureza, mas grande por sua economia, valores e sua gente. Terra que gerou interessantes artistas consagrados no estado todo. Estar perto dali era uma dádiva divina.

Avançando mais, eles finalmente atingem Pesqueira, onde nosso companheiro de aventuras desembarca. Imediatamente, contrata um táxi para o levar até Gravatá dos Gomes. Atravessando uma boa parte da cidade, tem acesso ao caminho que leva ao destino. Começa aí uma grande aventura entre subidas, descidas e curvas na estrada precária que dava acesso ao município de Poção.

Apesar disso, o clima interno era ótimo. Tomado de precaução, sabia exatamente como agir naquele crucial momento. Sua maturidade lhe ensinara a enfrentar as situações da maneira como devia ser, sem muitas expectativas ou esperanças. Tudo isso evitando desentendimento, mal entendidos ou sofrimentos.

Ao atingir um quarto do percurso, um pneumático estoura o que obriga os dois descerem do carro. Os próximos vinte minutos são utilizados para trocar o pneu para só assim prosseguir no caminho. Avançam com mais garra e determinação.

Ao atingir metade do percurso, são parados por um carro estranho na estrada. De dentro dele, saem três homens fortemente armados que os rendem. Levam todos os pertences pessoais os abandonando um pouco mais à frente. Quando outros carros passam, eles pedem carona respectivamente para seus lugares de destino.

Robert estava completamente arrasado. Não pelas perdas materiais, mas pelo estresse em si. Quem diria que a tranquila cidade de Poção de outrora tornou-se num lugar perigoso? Era preciso aceitar a nova situação e tomar mais cuidado a partir de agora.

Mudando de foco, o mesmo conclui o percurso restante mais tranquilo. Tem acesso ao povoado Gravatá dos Gomes. Desce do carro e especificamente fica diante da porta da residência de sua amada. E agora? Ele parece ficar estático por alguns instantes sem saber o que fazer.

Tomando coragem, bate seguidamente três vezes na porta até que ouve o ruído de passos. Alguém se aproxima. A porta se abre e esta é a hora de mais emoção. Sua pequena, um pouco mais envelhecida, o encara abrindo seu sorriso peculiar.

"Robert, é você?

"Sim, querida. Estou de volta.

Eles correm de encontro um ao outro culminando num grande e belo abraço. O contato físico estremece os corpos separados por mais de dez anos. Era a prova que eles precisavam reconhecendo que a química entre os dois não havia acabado. Eles ficam um tempo sentindo o calor um do outro. Ao término do abraço, voltam a se comunicar.

"Onde está sua mala?

"Fui assaltado. Levaram tudo.

"Meu Deus! Você está bem?

"Estou vivo. Isto que é importante. Convida-me a entrar? Estou cansado.

"Claro. Vamos!

Ao sinal de Beatriz, os dois adentram na morada indo se acomodar no sofá da sala. Havia muita coisa a se conversar.

"Como você passou estes dez últimos anos? (Beatriz)

"A partir de nossa separação, tudo desandou. Minha empresa faliu, perdi amizades e meu eixo. E você? (Roberto)

"Sobrevivi. Conquanto, confesso que senti muito sua falta este tempo. Meu orgulho sempre falou mais alto nos momentos de solidão, pois não mereci aquele seu tratamento.

"Entendo sua mágoa. Porém, se estamos aqui temos que esquecer duma vez por todas. O rancor não faz bem ao coração de ninguém.

"Concordo. Quero tentar retomar minha vida porque ainda sou nova e mereço ser feliz. Como se vê nesta situação?

"Vejo-me com vontade de crescer novamente com menos desconfiança e mais tolerância. Já do seu lado, espero um pouco mais de discrição e razoabilidade. Se cada um de nós ceder um pouco acredito que podemos nos dar bem.

"Sim, é possível. É uma ótima ideia tentarmos novamente. Fico feliz por isso. Como estão suas coisas nos Estados Unidos?

"Deixei tudo para trás. Quero ficar no Brasil contigo pelo resto dos meus dias. Nada mais importa.

"Ah, meu amor! Eu não esperava uma declaração dessas. Seremos felizes sim!

Lágrimas abundantes de felicidade escorrem pelo rosto da meiga Wicca. Finalmente, as coisas tomaram o rumo certo duma vez por todas. Agora, era só partir para o abraço, pois a emoção tomava conta do seu parceiro. O contato é consumado com nossa delicada amiga pousando sua cabeça no peito de seu amor após um longo de separação. No momento, só importava os dois mesmo que crises estruturais estivessem desestruturadas suas bases financeiras. Ao término do abraço, retomam seus lugares no sofá.

"Como faremos? (Robert)

"Viveremos aqui a partir de agora. Procuraremos ocupação nas cidades vizinhas. Para tudo tem um jeito.

"Verdade. Não se preocupe com isso. Deixe isso comigo. Viajarei um tempo nas redondezas até conseguir. Assim que voltar, reataremos nosso casamento. O importante é que nos acertamos em definitivo.

"Graças a Deus e a nosso bom senso. Seja bem-vindo.

"Muito obrigado. Estou cansado. Posso descansar da viagem?

"Claro. Fique à vontade.

Com o sinal positivo da anfitriã, nosso louro mais querido anda um pouco até o quarto. Lá dentro, descansa na cama de casal revivendo os tempos de outrora. Durante duas horas dorme e ao acordar vai almoçar, ajudar a mulher nas tarefas domésticas pela tarde e à noite assistem a filmes juntos na televisão. Ao recolher-se novamente no quarto, retomam o matrimônio em vias de fato fazendo sexo selvagem. Ele e seu dote considerável estava fazendo falta na vida de nossa mais amada amiga.

Quando estão totalmente exaustos, dormem juntos prometendo amor eterno. Atravessando uma noite tranquila, amanhecem totalmente felizes e dispostos. Ambos vão à cozinha onde preparam e tomam o desjejum. Eles se despedem finalmente, pois o provedor do casal iria procurar trabalho fora como prometido. Enquanto isso, nossa pequena travessa pensa no que fazer em sua ausência. Por um momento, lembra do seu amado e colega de escola Divine de como ele deixara um vazio existencial em sua vida. Precisava de sua presença e de seus amigos mais do que nunca para entender algumas coisas de sua vida, especialmente os ocasionais tormentos enfrentados em seus pesadelos.

Indo até à sala, ela pega a agenda jogada na escrivaninha encontrando o contato do mesmo. Com o número em mãos, faz uma ligação cheia de expectativas. O telefone começa a chamar e alguém atende do outro lado.

"Bom dia. Quem fala?

"Oi, Aldivan. Sou a Beatriz, sua colega de escola. Lembra de mim?

"Como não iria lembrar? Você é inesquecível.

"Como você vai?

"Estou indo bem. Eu te liguei para convidá-lo a passar uns dias comigo em Gravatá. Estou precisando muito de seus conselhos.

"Que ótimo! Coincidentemente estou de férias precisando muito de descanso. Será ótimo para mim também.

"Vou te esperar. Não esqueça de trazer seus amigos. Precisaremos também deles.

"Está bem. Chegarei aí hoje mesmo. Até logo!

"Até!

Com o telefone desligado, Divine começou a arrumar suas malas. Colocou nela objetos essenciais como roupas, calçados, produtos de higiene pessoal, seu diário, bíblia e crucifixo. Com ela pronta, despede-se dos seus familiares servindo como justificativos negócios urgentes. Ao ter acesso às ruas de seu povoado, faz um pequeno ritual e instantaneamente encontra seus adoráveis amigos. Abraça cada um deles tentando matar as saudades.

"Como vão meus amigos? "Pergunta Divine

"Estou ótimo" Responde Prontamente Agastya.

"Estamos prontos para outra aventura" Prontificou-se Renato.

"Vim dos céus para auxiliá-lo e estou muito bem" Afirmou Rafael.

"Estava todo tempo ao seu lado tendo que me manifestar agora. Estou buscando cumprir minha missão" Observou Uriel.

"Muito bem! Obrigado a todos. Estou indo para Gravatá dos Gomes encontrar a adorável Beatriz. Acompanham-me? (O vidente)

"Claro. Fico feliz com esta decisão" Disse Renato abrindo um largo sorriso.

"Será uma ótima oportunidade de troca de conhecimentos" Observou Agastya.

"Além disso, podemos novamente fazer história na série que é mais importante do mundo" Desejou Rafael.

"Quanto aos perigos, não se preocupem. Eu e Rafael estamos aqui para protege-los" Garantiu Uriel abrindo suas asas alvas discretamente.

"Ótimo! Vamos indo então" Pediu o filho de Deus.

O grupo prossegue na sua travessia do bucólico arruado que é a porta do sertão Pernambucano. Uma felicidade contagiante envolve a todos porque estavam prestes a viver novas aventuras em grupo. O que os esperava? Certamente acontecimentos intrigantes e inesperados além duma carga de conhecimento exaustiva. Apesar de toda a experiência, o vidente e seus amigos identificavam-se como eternos aprendizes o que demonstrava de certa forma a humildade deles.

Eles chegam na pista, caminham cerca de cem metros e já estão na beira da BR. Esperam pouco tempo até que um carro Prata passa e os pega. Cheios de alegria, eles agitam o meio de transporte em direção ao primeiro ponto que é a cidade de Pesqueira.

Passando perto do Novo Cajueiro, Divine lembra de seus familiares que residem lá sentindo-se culpado pela sua ausência habitual. Sempre colocando como desculpa a falta de tempo ou por ser muito caseiro não tem tido oportunidades de visita-lo. Sempre carrega a promessa de mudar esta situação. Quem sabe um dia, pensa secretamente.

Avançando mais, passam na querida Ipanema, cenário de vários filmes nacionais e onde antigamente os cangaceiros fizeram arruaça. Lugar histórico, mas atualmente bastante tranquilo e bom de morar. Admirava várias pessoas conhecidas dali que mostravam persistência, inteligência e simpatia. A eles, um abraço.

Continuam com a viagem sem mostrar receio. Na mente deles, não havia nada melhor do que estar em uma grande aventura cheia de perigos, boas construções e aprendizados. Isto era o tempero o qual impulsionava os leitores da série. Avançando um pouco mais, passam pelo Sítio Canãa já se aproximando da sede do município, a terra do doce e da renda. Havia uma alegria interior incontida deles sentindo a emoção de estar perto dali mais uma vez. A pesqueira de tantas histórias.

Estes últimos momentos antes de chegar na sede eram muito especiais por coisas interessantes estarem envolvidas relacionadas com o projeto pessoal de cada um deles. Em alguns instantes, estariam completamente imersos em seus próprios sonhos.

O tempo passa um pouco. Atravessam a cidade inteira e, no ponto certo, descem do carro, pagam a passagem e fretam outro carro em direção a Gravatá Dos Gomes. Começam a enfrentar uma Rodovia em estado precário, muito perigosa e traiçoeira devido a suas curvas. Bem, mesmo assim, isso não importava. Valia a pena correr risco de vida tentando reencontrar a mística e poderosa Gazela que era Beatriz, a colega do filho de Deus e amiga de todos eles.

Na metade do caminho, um pneumático estoura o que obriga a todos descerem. Mostrando inteligência e sabedoria, o motorista Duarte troca o objeto em trinta minutos. Com tudo resolvido, eles adentram novamente no veículo, um carro cinza, e a jornada é reiniciada. Devagar e sempre, eles vão superando os detalhes do trajeto complicado.

Completando três quartos do percurso, promovem uma

parada rápida a pedido dos tripulantes. Eles descem do carro e fotografam a paisagem caracterizada por planaltos, rodeado de serras e vegetação arbustiva, fauna abundante e um sol azul lindíssimo. Era uma das imagens mais belas do mundo. Aproveitam este momento para descansar suas mentes de todas as preocupações integrando-se totalmente a natureza selvagem assemelhando-se materialmente a bela e doce Wicca que estavam prestes a reencontrar. Como ela estaria depois dum tempo de afastamento? Em breve, teriam todas as respostas necessárias.

Voltando ao veículo, retomam o trajeto e poucos minutos depois já se encontram percorrendo as ruas do povoado. Ao ficar diante da casa da amiga, descem com suas malas, pagam a corrida e despedem-se do motorista desejando-lhe boa sorte. Agora estavam a apenas alguns passos do objetivo final e nesta hora a terra e o céu pareciam tremer. Teriam sucesso novamente em seu empreendimento?

Com mais alguns passos, ficam diante da porta batendo seguidamente até ouvir o ruído de passos se aproximando. Ao abrir da porta, deparam-se com a morena maga mais radiante do que nunca. Como era bom o prazer do reencontro após um tempo separados.

"Vocês aqui? Que bom vê-los novamente! (Beatriz)

"É um grande prazer, minha querida! (Agastya)

"Pensei o tempo todo em você! A minha mania de cuidado me persegue! (O filho de Deus)

"Que bom saber disso, Divine. (Beatriz)

"Lembrei de ti nas minhas orações "Revelou Renato.

"Ai, que alegria. Obrigada! Também sempre te mandei vibrações positivas através de meus rituais "Confessou Beatriz.

"Sabemos das suas boas intenções. Por isso é constantemente abençoada pelos céus. (Rafael)

"Nossas conjunções estiveram constantemente em harmonia. Esse fenômeno chama-se comunhão e é algo bastante raro "Ensinou Uriel.

"Sei disso. São todos bem-vindos. Entrem, pois, vou explicar melhor o motivo de tê-los chamado aqui "Pediu Beatriz.

"Está certo. Vamos, turma? "Chamou o vidente.

"Sim "Concordaram os outros.

A trupe mágica da série o vidente adentrou na humilde residência da mais adorável Wicca que conheciam. O ambiente bem decorado, limpo e perfumado transmitia boas vibrações revelando um pouco da personalidade daquela mulher misteriosa. Por ser perfeccionista em tudo o que fazia, podíamos crer sem sombra de dúvida na sua alta competência. Acomodam-se confortavelmente no sofá e em cadeiras espalhadas pela sala.

"Bem, vou direto ao ponto. Após ter me reencontrado com o amor e a satisfação pessoal, resta-me buscar um pouco mais de conhecimento espiritual. (Beatriz)

"Como assim? "Quis saber Renato.

"Quero saber sobre meus antepassados. Seria isso possível? "Questionou a jovem Wicca.

"Aí não sei. O que acha, vidente? (Renato)

"Tudo é possível. Temos conosco o maior conhecedor das religiões, nosso amigo indispensável Agastya. Pode nos ajudar? Também me interesso bastante sobre o assunto. (O vidente)

Agastya pensou por alguns instantes naquela situação atípica. Desde o convite da entrada na série concluíra que seria uma ótima oportunidade de aprender mais coisas. No entanto, estava sendo requisitado seus largos conhecimentos precisando avaliar bem. Toma então uma decisão rápida.

"Estou à disposição. Tenho certeza que temos muito o que aprender uns com os outros. Quando começamos?

"Agora mesmo. Como será esse treinamento? (O vidente)

"Vamos utilizar o mesmo espaço em que aprendemos Wicca com nossa célebre colega. Trabalharemos focados buscando o objetivo final "Explicou ele.

"Porque são caminhos diferentes no mesmo espaço, a mãe natureza "Entendeu a Wicca.

"Vamos, então? (O filho de Deus)

"Sim. (Os outros)

Atravessando a casa, acessam o ambiente externo dando acesso a um vasto e florido matagal. Apesar da última experiência deles ter sido lá, a situação atual era totalmente diversa da anterior. Da última vez, procuravam entender um pouco do mundo da anfitriã, seus medos, crenças e angústias. Agora, estavam diante de inúmeras possibilidades sem saber exatamente como começar. Nesse caminho, estavam nas mãos dum monge o qual ainda não conheciam profundamente. Conquanto, ele inspirava confiança e fé irrestritas pelo seu comportamento.

Cada passo dado em direção ao centro da mata era semelhante a subida de degraus numa escadaria. Sabiam que com a determinação e o esforço corretos poderiam alcançar seus objetivos aplicando instintivamente isto a solução de todos os problemas da vida. A fim de evitar desistir, tinham que saber lidar com as dificuldades, os obstáculos, os prováveis fracassos, fazer novos planos, alargar os horizontes, estudar as saídas e tentar novamente. Há sempre uma alternativa possível ou uma substituição de sonhos por outros.

Algo em comum entre eles era a sede de conhecimento, a solidariedade e a generosidade. Não por acaso teriam sido selecionados pelo mentor maior desta história. Cada qual com seus defeitos, qualidades e ações eram fundamentais na trama da série mais importante do mundo. Estar ali era uma dádiva e uma missão para cada um deles.

Foi assim em passos firmes e moderados que percorrem um quilômetro mata a dentro. Neste momento, param numa clareira rodeada por um bosque espesso. Limpam o terreno e sentam em círculos a mando do mestre espiritual.

O Fim do homem

"Subindo montanhas íngremes enfrentando bastantes adversidades a exemplo de emaranhados de espinhos e trilhas estreitas, pedras, poeira, oscilações de clima e tempo, o fiel não desiste. Como recompensa, espera chegar ao destino. E vocês? Como vem sua trajetória até a completa realização? (Agastya)

"Eu me vejo num processo em andamento. Como exemplo, contarei um pouco da minha história e convido a todos fazerem esta autoanálise. Nasci num arruado bucólico de Pernambuco conhecido como Mimoso, um lugar cheio de desafios, miséria, contradições, perigos e inconstância. Sou parte duma família de agricultores muito simples que nos bons tempos sempre conseguiu retirar da terra o seu sustento. Nem se fala nisso agora, pois estamos vivendo uma das maiores secas já conhecidas com seis anos duma quase completa estiagem.

A minha infância foi um período rico de descobertas e de responsabilidades. Ainda novo, trabalhei na roça ajudando meus familiares no plantio de milho, feijão, melancia, abóbora, mandioca entre outras culturas. Como sou frágil fisicamente, isto exigiu muito de mim. Não raro eu voltava com febre do trabalho. Percebendo meu interesse pelos estudos, meu pai fez uma boa obra na minha vida: permitiu que eu apenas estudasse diferentemente dos meus irmãos que perderam os estudos porque foram obrigados a trabalhar no plantio de tomate na província da Paraíba. Isto acontecia porque era comum naquela época acreditar que trabalhar na roça era um caminho melhor do que a educação. Na época, não era um conceito falso porque só tinha emprego público no Brasil quem tinha apadrinhamento político. Com a constituinte de 1988, a situação se inverteu. Agora estudar tornou-se uma necessidade para todos.

Cresci vivendo num nordeste miserável, o maior bolsão de pobreza do mundo. Entretanto, os obstáculos nunca me fizeram desistir. Eu amava ler livros ambicionando um dia escrever o meu. Aos catorzes anos, concluí o ensino fundamental. No ano posterior, já estava estudando na sede do município. Num período de três anos, avancei no meu conhecimento técnico. Foi neste momento que surgiu a minha primeira coletânea de escritos. Baseado em trechos dos livros bíblicos provérbios, Eclesiastes, sabedorias e contos folclóricos meu primeiro livro que não sei qual fim levou foi composto em 1998. Ao mostrar o mesmo com alegria aos meus colegas de escola fui simplesmente desdenhado por alguns. Disseram que eu não tinha mérito algum, pois eu não era o autor dos textos. Guardei esta mágoa comigo e atualmente dei a resposta com mais de trinta títulos publicados. Não sei onde esta brincadeira toda irá me levar. Espero que a águas tranquilas do conhecimento. Esta fase me proporcionou conhecer diversas pessoas especiais. Inclusive uma delas me inspirou a escrever um personagem deveras interessante na série o vidente, volume VIII.

Depois disso, começou uma fase bem complicada para o meu lado. Sem condições financeiras de pagar uma faculdade ou manter-se numa capital arriscando passar numa universidade pública, fiquei sem estudar por dois anos. Em seguida, comecei um curso técnico de eletrotécnica onde estudei por dois anos os conceitos da área. Por ser caseiro e muito apegado à família, não quis me mudar arranjando trabalho fora. Resultado: Entrei numa crise nervosa e depressiva muito grave.

Nomeei de" Noite escura da alma" este período em que esqueci de Deus, dos bons valores, da ética e do bem. Gradualmente, fui afundando num poço fundo e escuro do qual não podia sair com minhas próprias forças. Quando eu já estava sem esperança, um anjo agiu e salvou-me das trevas. A partir daí, ressuscitei como homem em sentido pleno: arranjei trabalho, iniciei uma faculdade e conheci o amor. Destas três coisas, a única cousa ruim foi o amor que me despedaçou por completo. Por causa dele, fugi de mim mesmo tendo como consequência o abandono do meu primeiro emprego. Foi trágico, mas extremamente necessário para minha saúde mental, pois não estava preparado para o amor naquela hora. Atualmente, já maduro, lamento não ter tentado buscar minha felicidade. Talvez essa tenha sido minha única oportunidade de ser feliz. Bem, só Deus sabe.

Permaneci na faculdade por quatro anos. Aprendi muita matemática tornando-me um dos melhores alunos da turma, a primeira turma de Matemática da universidade federal de Pesqueira. Arranjei outro trabalho, escrevi "Visão de um Médium" de temática religiosa que foi rejeitado pelas editoras.

Este ficou sendo meu primeiro fracasso literário que teve como consequência o esfriamento um pouco do meu sonho. Nas férias escolares, concluí meu primeiro romance. Forças opostas com 212 páginas no formato livro é a primeira aventura da série o vidente que já possui atualmente oito títulos. Ele foi publicado em 2011 por uma editora média onde paguei os custos de revisão, capa e diagramação. Nunca fui informado sobre vendas e em consequência nunca recebi nenhum direito autoral sobre esse livro. Através dum acordo com a editora, consegui a liberação dos meus direitos e então o publiquei em um site de auto publicação na internet. Vejo que no momento o melhor para mim, é continuar essa caminhada literária independentemente, pois tenho pelo menos as rédeas do processo.

Passei um tempo afastado da literatura por questões financeiras. Retomei o caminho das letras no momento em que ingressei num cargo público melhor. Desde este momento, já faz quatro anos de dedicação contínua a essa arte. Há momentos de felicidade e de crise neste processo que afetam o meu estado de humor. Conquanto, há uma força maior me guiando a um caminho que desconheço e que me impede de desistir. Seguirei adiante expandindo a minha literatura o mais longe possível. Até agora, já sou publicado ou em vias de publicação em nove línguas distintas a saber: português, inglês, espanhol, alemão, italiano, francês, russo, chinês e coreano. Ainda não conquistei o mundo, mas o objetivo é esse. Peço a bênção de Deus e o apoio dos leitores para que meu sonho prossiga. Tenho certeza que sou merecedor disso, pois fui sempre uma boa pessoa" afirmou o vidente.

"Com certeza, meu grande amigo e mestre. Você é uma grande inspiração. Posso dividir minha vida em duas fases:

Antes e após conhecer você. Antes, era um menino completamente sem destino principalmente por perder minha mãe cedo e ser cruelmente castigado por meu pai. Resgatado pela guardiã, encontrei em ti um motivo de crença em meus sonhos difíceis. Através da série de aventuras do "vidente", desempenhei um bom papel aprendendo a superar minhas limitações. Hoje, estamos no nono tomo felizes, convictos do que queremos e dispostos a arriscar mais uma vez. Com relação aos valores, sigo teus trinta mandamentos o que me fez aproximar do pai criador. Não há outro caminho" Disse Renato se emocionando.

O filho de Deus derrama copiosas lágrimas sem vergonha. Grande Renato! Era o amigo que não tinha na realidade. Aliás, todos ali eram grandes personagens e companheiros de jornada. Diferentes e iguais em simultâneo. Sentindo o clima do momento, os outros se aproximam orquestrando um abraço conjunto. Por um tempo imensurável, eram um só corpo, espírito e pensamento.

Ao término desta ação, voltam aos mesmos lugares com a conversa tendo prosseguimento.

"As forças divinas conspiram para seu sucesso, querido Divine. Aprendi a respeitar e admirar a humanidade através de suas ações. Você é um dos motivos da vida continuar" Revelou Rafael.

"Obrigado, super arcanjo" Retribuiu o filho de Deus.

"Eu diria aos homens para seguirem os mandamentos propostos por Jesus no novo testamento e lessem as leis propostas pelo pequeno sonhador. A união das duas forças é o que precisam visando chegar ao reino dos céus" Completou Rafael.

"Exato! "Concordou Renato.

"Acompanho suas lutas desde o princípio. Sou seu admirador e protetor pessoal. Venceremos juntos, filho de Deus, e entrar pelo caminho estreito" Disse Uriel.

"Amém! "Desejou o filho de Deus.

"Desejo o melhor para ti também" Confirmou Agastya.

"Da mesma forma! (Beatriz)

"Obrigado a todos! "Agradeceu o vidente.

"Bem, agora é a minha vez. Com descendência Wicca, tive que conhecer os dois lados: magia branca e magia negra. Apesar de momentos difíceis, não me arrependo, pois, ganhei experiência. Agora, minha vida segue com mais tranquilidade. O que me faz duvidar é um pouco o lado inter-religioso. Por isso os convoquei aqui. Quero entrar pela porta estreita" Declarou Beatriz Rosembar.

"A fim disso, pegarás espadas e enfrentará seus medos mais internos! Ainda que enfrentes um mar de chamas e um abismo chegarás onde queres" Profetizou Agastya.

"Assim seja! Benditas palavras! "Falou Beatriz.

"Estamos todos na torcida! "Reforçou o vidente.

"Muito obrigada! "Agradeceu emocionada Beatriz.

"Como anjos, sempre atingimos a perfeição no cuidado com o mundo. Este processo é indefinidamente longo enquanto a vida durar. Portanto, nosso trabalho sempre continua sendo alegre" Destacou Rafael.

"Exemplo disso é minha relação com o meu mestre Divine, um feito para o outro. Não há diferenciação entre nós apesar de minha superioridade espiritual. Nisso, o amor prevalece e nos equipara" Ensinou Uriel.

"Exato! Estamos no mesmo barco numa aventura sem precedentes. Necessitamos que a graça divina nos ilumine sempre" Lembrou Aldivan.

"Verdade! Após todos esses depoimentos, percebo muitas coisas a nos unir. Também passei por muitas situações conflitantes, angustiantes e desafiadoras na minha vida. Em verdade, nunca estamos prontos para o que a vida nos oferece. Sabendo disso e com meu conhecimento vou leva-los ao que precisam exatamente. Esta será a primeira de muitas etapas. Estão prontos? "Indagou o mestre Agastya.

"Sim! Confirmaram os outros.

A expressão do guru mudou de alegre para sério. Ele estava prestes a iniciar um processo perigoso, emocionante e inesperado. O que seria deles? Estavam prestes a descobrir.

O inesperado

Jogando as mãos para o alto, o mestre invocou forças sobrenaturais desconhecidas. Com isso, o céu escureceu, o chão tremeu, a gravidade ficou descontrolada e uma nuvem se aproximou em alta velocidade. Ao pousar no chão, saiu de dentro deste objeto a figura duma bela mulher morena, escultural, imponente e de faces extremamente belas. Ela caminhou alguns passos ficando diante do grupo. Com isso, o destino deles estava prestes a mudar.

"Sou Estrela Fernandes! A mais famosa Wicca dos trópicos. Quem ousa perturbar meu descanso?

"Desculpe-nos, madame! Não foi essa a intenção! Vos chamei aqui com o intuito de esclarecer parte duma história importante" Explicou Agastya.

"Somos fãs de sua grata pessoa! "Reforçou o vidente.

"Adoramos fatos históricos! "Mencionou Renato.

"E quem vos disse que eu estaria disposta a abrir minhas intimidades? "Questionou Estrela.

"Peço-vos pelo teu sangue em minhas veias! Sou tua bisneta e dependo de seus esclarecimentos para ter paz! "Destacou Beatriz Rosembar.

Estrela se emociona. Quer dizer que aquela bela jovem era sua bisneta? Era uma honra ter uma descendente possuindo aura tão bela.

"Meu sangue! Meu patrimônio na terra! Por você, consigo tudo!

Com um sinal, a rainha Wicca chama Beatriz. As duas vão de encontro uma à outra. Ao se encontrarem, ocorre o abraço mais esperado. Ficam um tempo em contato como aquele momento não tivesse fim. A situação emociona a todos criando um ambiente propício de sucesso.

Ao fim do abraço, Estela dá um grito. Em seguida, os presentes são envolvidos por uma densa fumaça caindo sufocados. Na tela de mente de cada um deles começa uma história a qual prometia ser espetacular.

Paris-França

2 de janeiro de 1590

O grande Navio "Esperança" acabara de atracar no porto. Na fila de embarque, várias famílias com esperança de retomar a vida no novo continente. Elas fugiam da Perseguição católica imposta no continente europeu.

Entre essas famílias, se destacava a família Judaica Casales Bragança. Seus quatro membros eram: Jeremias Casales Bragança, o patriarca, Dália Casales Bragança, a matriarca, Abner

Casales Bragança, o filho único e Estrela Fernandes, a empregada.

Um após o outro, os grupos foram se acomodando no navio em suas respectivas cabines. Como estava lotado, não havia conforto para ninguém. A exemplificar, a família mencionada tivera que dividir um espaço único.

Com tudo pronto, a partida é dada. Dália abre a escotilha de modo a ventilar melhor o ambiente.

"Tudo começou! Estou tão ansiosa em chegar logo ao Brasil! "Exclamou Dália.

"Eu também, minha querida esposa! Não vejo a hora de aportar no Brasil e me sentir novamente livre! "Suspirou Jeremias.

"Não vejo a hora de conhecer as brasileiras! Quem sabe desta vez não caso! "Prometeu Abner.

"Será? O rei das mulheres dizendo isso? "Se intrometeu Estrela.

"Não é para tanto! "Replicou Abner.

"Sei... "Continuou com um muxoxo Estrela.

"Estrela tem razão, filho! Seu histórico não nos garante esta promessa! "Disse sensatamente Dália.

"Ah, deixem o rapaz! Ele é solteiro! Apenas é um homem que sabe aproveitar as coisas boas da vida, inclusive as mulheres! "Disse Jeremias.

"Obrigado pelo apoio, pai! ""Agradeceu a Abner.

"Tal pai, tal filho! "Afirmou Estrela.

"Isso é um elogio para mim" Desdenhou Jeremias.

"Mudando de assunto, o que vê para esta viagem querida serva? "Perguntou Dália.

"Vejo sucesso apesar das dificuldades. Aproveitemos estes

trinta dias como se fossem um período de férias. Só assim chegaremos relaxados a nova terra, o querido Brasil" Respondeu à Rainha Wicca.

"Entendi. O que temos para hoje nesta querida joça, meu amado esposo? "Continuou Dália.

"Festa na primeira classe com muita música e dança. Já fomos convidados" destacou o patriarca.

"Ótimo! Adorarei! "Alegrou-se a matriarca.

"Podemos levar a nossa empregada? "Perguntou Abner.

"Não! São as regras da etiqueta! "Lembrou o pai.

"Tem problema não! Também tem festa na terceira classe! "Disse Estrela.

"Vou com você, querida serva! Não fica bem uma jovem como você sozinha em festas! "Disponibilizou-se Abner.

"Obrigada! "Correspondeu Estrela Fernandes.

"Muito bem, amado filho! Sempre gentil" Observou Jeremias.

"Só não confunda as coisas! "Ressaltou Dália.

"Não se preocupe, madame! Sei qual é meu lugar! "Garantiu a Wicca.

Estrela chorou internamente. Porque o mundo era tão injusto? Há anos aquele jovem era seu amor em sigilo. Devido a convenções da sociedade, nunca teria oportunidades de se tornar sua esposa oficial. Ao contrário do que pensavam todos, sua religião ensinara que os homens eram todos iguais. No entanto, isso dificilmente se concretizaria na realidade, pois haveria sempre privilégios e distorções no mundo.

"Bem, passearemos um pouco, filho? Estou entediado" Convidou Jeremias.

"Sim, vamos! "Concordou Abner.

"Assim que voltarmos, almoçaremos! "Afirmou Jeremias.

"Está bem! Lerei um livro enquanto isso! "Informou Dália.

"Limparei a cabine e organizarei as roupas" Prestou contas Estrela.

"Muito bem! Orgulho de vocês" Destacou Abner.

"Até mais! "Despediu-se Jeremias!

"Até logo! Responderam concomitantemente as duas mulheres.

Os dois homens da família se direcionaram a saída do ambiente e, ao ultrapassá-la, tem a nítida impressão que tudo ficaria bem. Tranquilos, passam por quase todas as partes do navio-Da popa até a proa-observando a estrutura, o mar e trocando informações com as pessoas. É um exercício muito saudável para a mente de ambos.

Terminado o passeio, retornam até a cabine de família onde reencontram as duas mulheres. Unindo-se a elas, direcionam-se até ao restaurante da embarcação de modo a almoçar. Lá, esperam pacientemente na fila para encherem os pratos. Depois, por exigência de Abner, os quatro integrantes da família dividem a mesma mesa.

"Como se sente, amor, sorvendo a brisa do mar? "Indagou Jeremias.

"Sinto medo, angústia e, em simultâneo, esperanças de libertação. Qualquer coisa é melhor que sofrer perseguição católica na França. Concorda, grande Wicca? "Indagou Dália.

"Sim. Num Brasil eclético, estaremos livres da fogueira da inquisição" Disse Estrela.

"Tomara! "Reforçou a matriarca.

"Fico feliz com a vossa disposição. Realmente são alvissareiras as notícias sobre o novo mundo e em especial com a capitania de Pernambuco. Dizem ser uma terra rica, de gente hospitaleira e amiga" Destacou Jeremias.

"Além disso, dizem que as mulheres brasileiras deixam qualquer um louco. Ai, Brasil, já te amo! "Completou Abner.

"Não só elas como os homens são apreciáveis! Já não vejo a hora de encontrar um selvagem destes para mim! "Replicou Estrela.

"Nem pensar! Primeiro, vem as obrigações com sua família! "Inquietou-se Abner.

"Não vejo impedimento! Se for para a felicidade dela, quem se importará? "Desconfiou Dália.

"Além disso, servos casam com servos e patrões com patrões "Reforçou a oposição Jeremias.

"Obrigada! Com todo respeito, sinhozinho, sou solteira! Direitos proporcionais a todos! "Atreveu-se Estrela.

A ousadia da empregada lhe doía como uma facada no coração. Abner era um jovem altivo, rico, bem-apessoado e polígamo. Ainda assim, estimava aquele pedaço de mulher como se fosse sua propriedade. Mexer com ela era como mexer em seu brio e sua honra. Visando não levantar mais suspeitas, controlou-se emocionalmente. Em verdade, todos tinham ali razão. Não tinha direitos emocionais sobre Estrela simplesmente porque nunca iria assumi-la como mulher diante da sociedade.

Final

www.ingramcontent.com/pod-product-compliance
Lightning Source LLC
LaVergne TN
LVHW020448080526
838202LV00055B/5382